Streitlust

von Hannelore Voigt
illustriert von Barbara von Johnson

Lesemaus-Geschichten
herausgegeben von Stefan Wilfert

Serie: Menschliche Geschichten

Oldenbourg

1., gemäß der Rechtschreibreform korrigierte Auflage 1997

Unveränderter Nachdruck 00 99 98 97
Die letzte Ziffer bezeichnet lediglich das Jahr des Drucks.

Lektorat: Ute Busche und Antje Glimmann
Herstellung: Karina Hack
Satz: Horst Gerbert Layoutsatz-Repro, Haar b. München
Repro: Wartelsteiner GmbH, Garching b. München
Druck und Bindung: Schoder Druck, Gersthofen

ISBN 3-486-**04438**-9

Herr Ludwig hatte sehr gern Streit. Erst wenn er streiten konnte, fühlte er sich wohl. Er war normalerweise blass. Nur beim Streiten sah er frisch und blühend aus. Seine Augen glänzten. Seine Miene heiterte sich auf. So war er schon als Kind.

Am liebsten stritt er mit seinem Nachbarn. Sein Nachbar hieß Herr Meier und wohnte im Haus nebenan. Herr Ludwig hatte sich schon viel ausgedacht, um Herrn Meier zu ärgern, und Herr Meier ärgerte ihn zurück.
So ging das zehn Jahre lang.
Herr Ludwig mochte Herrn Meier richtig gern.

Es war ein sonniger Frühlingstag, die Vögel zwitscherten und Herr Ludwig hatte zum ersten Mal im Jahr seinen Rasen gemäht, natürlich in der Mittagszeit. Das Heu schob er wie immer über den Zaun in Herrn Meiers Tulpenbeet. Es dauerte nicht lange, da lag es wieder bei ihm, dazu noch ein paar dürre Äste von Herrn Meiers Apfelbaum.
Das wird eine angenehme Woche, freute sich Herr Ludwig.

Er sammelte Heu und Äste ein, um
alles zurückzuwerfen.
Was könnte ich noch dazulegen?
Er fand leere Joghurtbecher und eine
alte Unterhose.
Als er gerade vor dem Zaun stand, sah
er den großen Möbelwagen. Er wusste
nicht, warum, aber er erschrak. Herr
Meier und ein Möbelpacker trugen
vorsichtig einen Tisch heraus.

„Was soll denn das schon wieder?“, rief Herr Ludwig herüber.
„Ich ziehe aus“, rief Herr Meier zurück. Es klang triumphierend.
„Ich will nicht mehr diesen Streit. Zehn Jahre sind genug.“
„Unverschämt“, brüllte Herr Ludwig. „Unverschämt mich so allein zu lassen. Wir haben es doch miteinander schön gehabt.“

Langsam ging er in sein Haus zurück und drehte den Fernseher an. Er ließ die Bilder vorbeiflimmern und sah kaum hin.
„Undankbar", sagte er laut. „Undankbar ist er, dieser Meier."
Drei Wochen später schellte es an seiner Tür. Draußen stand ein Mann in seinem Alter. „Ich möchte mich vorstellen", sagte er. „Ich bin Ihr neuer Nachbar. Auf dem Klingelschild sehe ich, dass Sie Ludwig heißen. Komisch, ich heiße auch Ludwig."
„Das geht aber nicht", sagte Herr Ludwig und seine Haut bekam einen rosa Schimmer. „Der einzige Ludwig, der bin ich."
„Kann ich verstehen", sagte der neue Herr Ludwig sanft. „Ab jetzt nenne ich mich Ludwig zwei. Zufrieden?"

„Natürlich nicht“, sagte Herr Ludwig und schlug die Tür zu. Die Tür hörte sich so an, als ob sie schon oft zugeschlagen worden wäre.
Von nun an überlegte er nachts im Bett, wie er auch seinen neuen Nachbarn ärgern könnte. Das schaffe ich schon, dachte er. Ich hab ja so meine Rezepte. Es geht wirklich nichts über Erfahrungen.

Zuerst probierte er es wieder mit dem Heu. Er mähte noch mal seine Wiese, bis die braune Erde durchschaute. Unter den Bäumen zog er alle Pflanzen aus. Dazu legte er noch die Kartoffelschalen und die schimmeligen Gemüsereste von den letzten Tagen. Es wurden drei Eimer voll, die er mit Schwung über den Zaun kippte.

Dann setzte er sich in seinen Liegestuhl und wartete.
Der Nachbar kam. „Vielen Dank", sagte er mit seiner sanften Stimme. „Das alles kann ich brauchen. Biomasse. Haben Sie nicht noch mehr davon? Ich lege mir gerade ein Hochbeet an."
Herr Ludwig grunzte nur.
Dann was anderes, dachte er.
Es ist eben kein Herr Meier.
Aber irgendwie sind Menschen doch alle gleich. Wann ist der Herr Meier so richtig wild geworden? Bei Lärm. Ja, Lärm ist sehr gut. Mit Lärm hätte ich anfangen sollen.
Das ganze Wochenende bastelte er an Lautsprecher und Verstärker. Sonntag Mittag war es so weit. Der Nachbar lag lang ausgestreckt in einer Hängematte, ein Buch auf dem Bauch. Ab und zu nahm er das Buch hoch und las.

Herr Ludwig drehte das Radio an. Die Musik tobte los.
Nach einer guten Stunde machte er Pause, damit Ludwig zwei sich beschweren konnte.
Aber die Beschwerde kam nicht.
„Danke", rief Herr Ludwig zwei zu ihm herüber. „Danke für diese Stunde.

Es war wie auf dem Campingplatz in Mailand. Eine tolle Erinnerung. Ich hatte noch mal alles vor Augen. Geht es jetzt weiter?"
Herr Ludwig schloss das Fenster.
Er fühlte sich müde und enttäuscht.
Gar kein Streit. Was für ein nutzloser Tag.
Von jetzt ab dachte er nicht nur nachts an Ludwig zwei. Er dachte an ihn beim Aufwachen, beim Mittagessen und sogar auf dem Klo.

Einen allerletzten Versuch mache ich noch und dann keinen mehr. Über was hat sich Herr Meier jeden Tag geärgert? Über Maulwurfshügel. Ach, der Herr Meier.
Im nächsten Moment war er sehr beschäftigt. Er ging in den Stadtpark und stellte Maulwurfsfallen auf. Die Fallen blieben lange leer. Endlich hatte er zwei Tiere gefangen, die er freudig nach Hause trug.
Die nächste Frage war: Brachte er sie heimlich in den Nachbarsgarten wie damals oder wollte er gesehen werden? Der Nachbar sollte ihn bemerken, entschied er dann. Nicht nur Ärger sollte es geben, sondern offenen Streit. So ging er am Abend durch den Eingang an Herrn Ludwig zwei vorbei auf dessen Wiese.

KRIEG +
FRIEDE

Erstaunt schaute der Nachbar zu, wie die Fallen geöffnet wurden. Die Maulwürfe krochen blinzelnd heraus und mit ihren großen Schaufelfüßen fingen sie sofort an zu graben.
„Wie nett von Ihnen“, sagte Herr Ludwig zwei. „Woher wussten Sie, dass ich mir Maulwürfe wünsche? Sie fressen das ganze Ungeziefer weg. Auf dem Kohl habe ich gerade so viele Raupen.“

„Und ärgern Sie sich nicht über Maulwurfshügel?“
„Überhaupt nicht“, sagte der Nachbar. „Die gehören doch dazu. Wirklich, ich weiß gar nicht, wie ich Ihnen danken kann.“
Herr Ludwig verschwand noch schneller, als er gekommen war, und legte sich gleich ins Bett. Schlafen konnte er nicht.

Mit diesem Ludwig zwei war nicht auszukommen. Er dachte wieder an Herrn Meier. Wie schön hatten sie gestritten. Wie gut hatte er sich dabei gefühlt! Ob ihn Herr Meier nicht auch vermisste?
Herr Ludwig fasste einen Entschluss: Er würde Herrn Meier suchen gehen. Sicher würde er ihn finden. Vielleicht war in Herrn Meiers Nähe noch ein Haus frei.

Hannelore Voigt

Ich bin in Köln aufgewachsen. In der Schule war ich schlecht in Mathematik, dafür aber besser in Deutsch. Zehn Jahre lang war ich Journalistin, bis ich das Schreiben leid bekam, besonders, wenn es schnell gehen musste. Fast immer musste es schnell gehen. Ich lernte fotografieren und wurde Theaterfotografin in München. Ich habe eine Tochter, einen Sohn, eine Enkeltochter und einen Kater, der Aladin heißt.
Jetzt wohne ich in Italien in der Nähe eines Bergdorfes und habe zum ersten Mal im Leben Zeit. Ich schreibe Geschichten und mag Gartenarbeit. Um mich herum leben wilde Schafe, denen mein Garten auch gefällt, vor allem mein Salat. Meistens kann ich mich mit ihnen einigen.